123456789,0

123456789,0

10 nouvelles

Gérard Hofmann

La vie parfois déroule ses corolles de temps manqué.

Nous avons cru aux chiffres, avec leurs zéros,

Et posséder et accumuler…

Mais, brisant ce monde d'AVOIR,

Vous pourrez aimer.

À mes enfants.

Préambule

Chaque récit renvoie à une figure.

Elle n'est ni mathématique, ni géométrique, ni esthétique.

Les biens —et non les maux— sont les fléaux de notre civilisation, et ce, sans doute, sur l'entière surface de la Terre, car, même et surtout quand ils manquent, ils tuent aussi. Il n'existe aucun "remède", c'est-à-dire aucune réforme possible. Et nous savons aussi où conduisent les pensées qui procèdent de la tentative de trouver des solutions globales.

Témoin partial à travers quelques récits plus qu'humains, la livraison ci-après donne des touches très brusques afin de participer à un début d'inventaire des dégâts causés dans l'humanité par le verbe Avoir.

Les filtres, les raccourcis et les faux-fuyants n'y peuvent rien : c'est peu, bien entendu, de dire que toute possession est un fléau. Et nous savons parfaitement, au fond de nous-mêmes, que rien, absolument rien ne vaut quoi que ce soit, si ce n'est d'aimer et d'être aimé.

Voilà aussi pourquoi les humains, empêchés de le vivre, ont inventé un Dieu Tout Amour. Et puisque l'Amour se brise à l'Avoir, voilà peut-être pourquoi Dieu est Tout Question.

TABLE DES MATIÈRES

1. JE

J'étais assis sur le pas de la porte, le cul sur une borne de pierre qui s'y trouvait avant la construction de la maison.

Je regardais le ciel bleu et rose du soir, et le vent passait au-dessus des mâts de bois, dans les cordages, dans les arbres de la colline, au loin.

Les bateaux venaient d'arriver en fin d'après-midi, et après deux heures de repos, les marins se remettaient au travail. Il fallait décharger toute la nuit.

Bien avant leur entrée dans le port dont on avait relevé la chaîne dès l'annonce de leur retour, le parfum de l'Orient, un mélange bizarre et profond d'encens, de myrrhe, de benjoin, de papier et de cuir moisis, d'étoffes musquées et de gingembre, me parvenait par grandes bouffées.

Le voyage était terminé. Les marchands de ma ville seraient encore plus riches.

Je savais que j'allais devoir travailler beaucoup, tous les jours à venir car, comme écrivain public, les matelots viendraient me voir. Certains avaient leur famille loin d'ici, dans le Nord ou dans le Centre des Provinces. Peut-être leur lettre n'arriverait-elle que dans quelques mois ou pas du tout, mais ils m'auraient acheté l'espoir de parler à leur femme ou à leurs parents, le temps de me dicter ce que j'agrémentais de quelques phrases bien tournées.

Je sentis le vent fraîchir et le ciel devenir plus gris. Ce n'était pas seulement le soir qui venait. C'était le bruit des poulies qui me le disait. Je savais qu'il allait y avoir une tempête. Tout le monde serait obligé de s'arrêter de décharger, de peur de perdre la marchandise qui risquerait d'être mouillée ou de tomber à l'eau. Nous étions le 11 Janvier 1797. Dans cet hémisphère, c'était l'été. Je fus brusquement persuadé que quelque chose devait changer ma vie dans les heures à venir.

Et cela m'angoissait et m'excitait tellement que je me levai et partis marcher, au vent.

Avant de passer le coin de la rue, je sentis de nouveau un pincement au coeur, semblable à ceux que j'avais pu connaître lorsque j'étais dans l'erreur ou lorsque j'étais amoureux.

Pourtant elle était partie depuis sept mois, sur un bateau pour l'Europe, et je n'avais pas de raison de m'inquiéter. Elle m'avait quitté pour de bon.

Le vent s'était levé tout à fait. Je vis les matelots refluer vers la ville et l'activité cesser peu à peu sur le port. On rajouta des ballots de chanvre sur les flancs des navires, pour les protéger de la mer qui allait grossir.

J'entendis crier mon nom, depuis la taverne du quai Est. En traînant les pieds, j'allai boire avec les autres, qui avaient besoin de moi et que j'aurais préférés, ce soir-là, ne pas voir.

Puis, un peu ivre, je rentrai chez moi, dans le noir.

Pas question de dormir, il me vint de terminer une histoire curieuse que j'avais commencé d'écrire :

"Nous étions ensemble depuis le matin. D'abord, nous étions allés acheter du raisin et quelques autres fruits, un gâteau de crème de lait pour elle, un fromage de chèvre pour moi. Puis, arrivés dans ma maison, elle m'embrassa et me dit:

– Cela fait si longtemps, combien de temps ?

Je ne répondis pas. Je savais que c'était six semaines. J'avais eu le temps de compter, de souffrir.

Puis nous avons partagé, et c'était toujours très bien la correspondance avec elle, la folie qu'on voudrait, qui ne vient pas, qui est là, qui vous prend, dont vous êtes le maître et le fétu de paille, brisé, comblé.

C'est là que j'avais prémédité mon coup.

Je me redressai sur un coude, lui prit la main, et en la regardant bien en face, tout en lui caressant les cheveux, je lui dis d'une seule traite :

– ...

La suite me fut arrachée par la fenêtre battante qui prit les feuilles de papier sur mon bureau, renversa l'encre brune, cassa l'encrier vert. Le vent s'y mettait pour m'empêcher d'écrire les fadaises qu'on me réclamait.

La vérité était mon incapacité à la faire parler, dans cette histoire qui étalait ses quelques lignes, sur le petit scriban sombre. Je dis à voix basse, sans l'écrire, ce que devait dire le héros de mon histoire curieuse :

— Va-t'en, tout de suite. Habille-toi, laisse moi.

Je restai sans savoir. Avais-je raison d'écrire cela, de faire vivre à ces couples des séparations très ordinaires et pourtant très pathétiques ? "C'est si souvent qu'on est aimé des personnes dont on ne veut pas, et qu'on aime alors qu'on ne vous aime pas" me lançait le barbier radoteur de la rue de la Pêche.

Pour ma part, je ne me souvenais pas d'avoir vécu une telle situation, mais il m'était facile de l'imaginer.

Les femmes que j'avais connues m'avaient quitté sans que je n'aie rien à leur demander. Au début, cela m'avait choqué et fait souffrir, mais depuis, plus du tout. Je consommais, pendant une heure ou deux, un jour ou deux, quelques nuits, celles qui me plaisaient le plus. Je ne leur racontais pas ma vie, j'écoutais leurs espoirs mensongers car elles savaient très bien comme moi qu'il n'y aurait plus rien au bout de quelques heures, très vite. J'étais un faux bavard, de ceux qui parlent beaucoup mais qui ne disent rien. Puis elles disparaissaient au bout de la rue, sur le quai ou vers la ville.

Ces amants qui s'aimaient vraiment et cet

homme qui voulait se séparer de la femme qu'il aimait, seulement parce qu'il ne pouvait pas vivre avec elle, pour des raisons que je n'arrivais d'ailleurs pas à imaginer non plus, me semblaient incompréhensibles.

La tempête faisait maintenant rage, ce qui, à ce point et avec cette force, était rare. J'avais calé la fenêtre avec une petite chaise haute. J'étais seul. Une femme dormait dans mon lit, je l'avais rencontrée la semaine passée. Elle était belle et inquiétante, avec le masque de quelqu'un qui ne veut plus aimer. Je la trouvai finalement laide. J'étais en train d'écrire mon histoire d'amants stupides et poignants.

Quelqu'un m'appela dans la rue. Une voix de femme. J'ouvrai la fenêtre qui donnait sur le petit passage et ne la reconnus pas dans le noir. Je décidai, en un instant, qu'il valait mieux que je sorte dans la rue et fit un signe.

Ma veste, la porte de bois, doucement, puis la grille forgée, l'air du quai.

Elle se tenait en face de moi, le vent derrière.

La pluie ne nous touchait qu'à peine, à cause du vent si fort.

J'ai connu peu autant le bonheur.

Le lendemain, je récupérai ma maison et notre lit. J'ai vécu avec celle que j'aime, depuis ce jour et, c'est curieux, la mémoire vient parfois à me manquer de ce qui se passe lorsqu'on est seul, sans amour. Je crois me souvenir que ce n'est pas drôle.

J'étais essentiellement persuadé que cela pouvait durer de jour en jour parce que nous n'avions jamais voulu posséder l'autre. Elle me laissait être. Mais ce qui était divin, c'est que je connaissais la suite de mon histoire.

Je viens, cette année, de me réincarner pour la troisième fois et je suis encore trop jeune pour vous parler de cette vie qui commence.

Mais je vais achever l'histoire précédente, ma deuxième vie, où j'ai été heureux : la femme que j'aimais m'a donné un enfant et nous avons vécu dans la passion et l'amitié pendant des années.

Nous avons échappé aux monstres rongeurs qui dévastent les couples.

Je suis mort avant elle, mais nous vivons encore ensemble, nous allons bientôt de nouveau nous rencontrer. Nous participons ainsi de l'Être, pour toujours, dans l'azur, dans la patience de l'azur.

2. DUELLE

Vous me demandez si j'étais une femme parfaitement heureuse ? J'avais trouvé un homme tout à fait délicieux. Il m'apportait des cadeaux enveloppés avec de beaux papiers, avec un gros nœud, et même s'il n'y avait pas grand-chose dedans, c'est le magnifique paquet qui me plaisait. J'étais emballée.

Je connaissais enfin l'amour passion, le vrai, celui qui fait battre le cœur comme il n'a jamais battu, qui fait oublier comment il battait auparavant. La vraie passion, celle qui vous dévore, qui prend tous vos instants, qui vous rend si malheureuse et si heureuse parce qu'il est là, et qu'il vous prend dans ses bras, des petits gestes fort ordinaires.

L'amour était comme j'avais souvent rêvé que cela puisse être. C'était doux et terrible à la fois, cela durait longtemps, et j'étais moi-même. J'osais l'être.

J'osais désirer pour moi-même, afin que l'homme dont j'étais amoureuse soit comblé, et puis nous recommencions toujours avec la même passion.

Nous ne pouvions pas vivre ensemble tout de suite parce que la vie, savez-vous, quand elle est déjà avancée, place des conditions matérielles, sociales, économiques et morales comme barrières au changement. Et puis, l'un comme l'autre, nous ne voulions pas précipiter par des manœuvres maladroites notre nouvelle relation dans des abîmes de difficultés.

Pour cela, je m'étais donné, sans le fixer vraiment, un temps pour adoucir les circonstances et amadouer le destin. Pour faire le nécessaire. Six mois.

Il n'en a pas été ainsi. Au bout de trois semaines, j'ai senti qu'il était gêné et que, bien souvent, il fallait remettre certains rendez-vous. Oh ! non pas que sa passion fut en rien diminuée ! Mais la vie de tous les jours ne ménageait pas de durée suffisante pour que nous puissions nous rencontrer intelligemment. Tout quitter tout de suite ? Impossible, en tout cas pour lui. Ne pas nous revoir, le temps que nous arrangions chacun de notre côté ce qui devait l'être ? Impossible, en tout cas pour moi.

Vous avez déjà compris.

Pourquoi ? Parce que l'épaisseur de temps qui a joué le rôle de révélateur dans cette histoire, sans doute la première et la dernière histoire d'amour de ma vie, était cette quantité même qui manquait à notre passion pour qu'elle puisse vaincre les obstacles énormes qui se dressent toujours devant elle dans notre société.

Avec le recul, aujourd'hui, je suis consciente d'être une femme à nouveau heureuse, même si je sais que, jamais de ma vie, je ne pourrai oublier cet homme que j'aimais, le grand bonheur que nous nous sommes donné. J'ai des amis. Je vis bien, je travaille, ce que je ne faisais pas avant de le rencontrer. J'ai pris ma place dans la vie, et c'est là ma chance dans cette histoire.

Que puis-je faire exactement aujourd'hui? Je ne peux confier ce que je ressens, même à mes amies, car elles ne sont pas prêtes à entendre quelqu'un qui vit dans l'amour de son passé. Pour moi, elles ne voient pas leur mort lente face à ce qu'elles n'ont pas réussi. Puis-je en faire quelque chose ? Sans doute pas, puisque cela n'est plus et ne peut servir à personne d'autre.

De temps en temps, dans des conversations mondaines où l'on parle d'une telle qui est amoureuse, je me permets de dire que c'est une bien fâcheuse maladie, sans oublier d'ajouter "comme disait Rousseau" afin que chacun considère bien mon intervention comme une citation littéraire et non comme une confession. De toutes façons, la plupart des personnes présentes n'ayant jamais vécu de passion dans leur vie, c'est un sujet qui intéresse très peu d'entre elles, sauf celles, comme moi, qui en ont été atteintes.

La passion intéresse les cinéastes et les gens de théâtre qui savent si bien faire vivre au spectateur ce qu'il n'a pu vivre par lui-même, ou bien, la plupart du temps, n'effleurer que du doigt. Ou alors ce sont les aventures immorales et bien normales des innombrables bigames qui nous entourent.

Si bien que ce soir-là, cela faisait quelques heures que je ne lui avais pas parlé. J'ai pris le téléphone, cet engin merveilleux et criminel, et je fis son numéro. Il dormait presque, et me dit qu'il allait s'endormir en faisant des rêves. Je dérangeais. Ou bien il aurait fallu que j'insiste beaucoup pour lui faire comprendre que je tenais si fort à lui. Mais comment savoir ? Il avait la voix endormie et ne fit rien. "Ou alors", me dit-il enfin, "viens, nous faisons l'amour, et tu rentres chez toi tout de suite après".

Il m'était totalement impossible de dire oui à une chose dont j'avais envie et qui m'était offerte ainsi, facilement.

Je ne savais plus que penser, et dans ces moments-là mon éducation de petite fille revenait en force à la surface pour que je m'efface devant les seigneurs et maîtres qu'étaient mon père et tous les hommes en général. Je balbutiais donc quelque chose, et des excuses, et je raccrochais, mais peut-être avait-il raccroché juste un tout petit peu avant moi, ou bien avais-je raccroché trop tôt ? Je me jurais, une fois de plus, de ne plus jamais me servir ainsi du téléphone.

Je n'écrivais plus non plus, parce que les lettres se conservent et qu'en l'occurrence, je n'avais rien à dire d'autre que « je t'aime moi aussi », en interjection jetée comme un pont au dessus du désastre de ma vie, qui peu à peu sombrait de nouveau dans l'abandon le plus noir, ridicule.

Les autres, beaucoup d'hommes, m'avaient écrit des pages entières de choses très belles, comme je ne savais et ne saurais jamais en écrire. J'étais incapable de leur répondre, ni de leur faire savoir que j'étais contente de ce qu'ils m'écrivaient.

Parfois, je ne voulais pas répondre car la demande d'amour ne correspondait pas à la mienne, mais parfois, j'aimais et j'aurais été heureuse de le faire savoir. Mieux que çà.

Avec lui, c'était encore différent. J'étais tellement passionnée que pendant des mois entiers, je ne vis plus personne. Je n'étais pas capable de répondre à une quelconque invitation, même de mes meilleures amies.

Je décidai de me ressaisir, comme disait ma mère lorsqu'un de ses amants la laissait tomber, et que cela ne semblait pas l'affecter outre mesure. Elle me disait : "Caroline, tu vois, il faut savoir s'arrêter au bon moment, juste au bon moment pour ne pas souffrir. Il suffit de le décider, et alors !... je ne m'attarde jamais !"

Je savais, parce que je le sentais aussi en moi, que peu d'hommes ont cette capacité de décision, le recul et la maturité pour le faire, comme cela existe chez la majorité des femmes. Mais cette passion m'avait comme anéantie, et je comprenais mieux pourquoi tout cela pouvait être qualifié de l'adjectif "passif".

J'avais cru, longtemps, avant de la vivre, que la passion se nourrissait de l'action, mais je m'étais tellement trompée que j'en étais effrayée : la passion se nourrit d'elle-même, elle se mord, elle se dévore, elle disparaît si elle ne se mange pas, paradoxe fabuleux des amants toujours anthropophages.

Et c'était aussi mon propre corps et mon âme qui étaient avalés. Absorbés par le temps qui passe et le temps qui ne passe plus, détruits par l'espace qui sépare, et par la brûlure de la présence.

Il fallait que je parvienne à dormir et cela était devenu très difficile. Je ne mangeais plus non plus. Je ne parlais plus. J'étais bonne pour l'asile. Et à cause de quelqu'un « qui n'était même pas mon genre », comme dit Swann! Et pourtant, quel genre il avait, quel style, quel « touch », c'était sans doute le seul être avec lequel...

J'ai vécu des années depuis cette histoire. Je suis

maintenant mariée et j'ai trois enfants, parce que j'ai eu des jumeaux après le premier. J'aime énormément mon mari.

Il m'arrive parfois, et c'est dans ce sens que je réponds à votre question, de penser à l'amour passion, mais je suis persuadée aujourd'hui que c'est un état invivable, une véritable déviation pathologique. Je ne dis pas que c'est monstrueux car certes c'est très beau, il faut connaître çà quand on est jeune. Mais on ne peut certainement pas vivre passionnée toute sa vie, et en tout cas, je plains la femme à qui cela arriverait.

On dit que les grandes actrices vivent comme çà, dans la passion, mais ce n'est pas pareil d'être passionnée pour un art, un métier et pour un homme. Dans l'art, on se réalise, on agit, n'est-ce pas ?

Et puis les hommes ont autre chose à faire qu'à s'occuper des femmes. La vie qu'ils mènent, souvent intéressantes, ne leur laisse pas beaucoup de temps pour penser à eux-mêmes et à leur façon d'être. Les femmes ont davantage de temps et de recul. Donc d'écoute. Les hommes doivent assurer la pitance, ils sont guerriers, toujours et encore, ils doivent chasser, même si leur femme travaille dans la steppe aussi, la plupart voudraient ne pas avoir besoin de ce surplus.

Les femmes ont été élevées, comme moi je l'ai été, à vivre pour le désir de l'autre, et non pour leur propre désir. Nous les femmes, vivons par désir médiatisé, dans le désir de l'homme avec qui nous sommes. Ainsi avons-nous du plaisir par procuration, à travers la jouissance de l'autre.

Quand les femmes parviennent enfin à comprendre que leur être est une identité à part entière, une part entière bien à elles, elles en usent bien souvent contre l'autre, ce qui est dommageable pour les relations de couple. La vengeance est compréhensible, elle est devenue historique.

Avec mon mari, nous avons parlé de tout cela, et il est d'accord.

Avec celui que j'ai aimé, je ne crois pas que j'aurais pu vivre aussi bien. C'est que j'aurais eu peur, peut-être en permanence, de perdre ce bonheur.

Gérard Hofmann

3. TRIANGLE IRREGULIER

Son mari n'était pas si mal que çà, et puis il était de plus en plus gentil avec elle, au fur et à mesure qu'il s'était aperçu qu'elle s'éloignait de lui pour voir, toucher et parler ailleurs. Avec son amant.

Pas jaloux de cet homme car certain que sa femme ne le quitterait jamais pour partir avec « l'autre ».

Pour sa part, il n'approchait que les femmes dont il savait au premier regard échangé qu'elles seraient consentantes. Lors de ses nombreux déplacements en province, il en rencontrait ainsi quelques unes, surtout des femmes de collègues, de directeurs d'usine, des femmes de bourgeois absents comme lui de chez eux pour quelques jours, qui aimaient leur mari et trouvaient passionnant et délicieux de les tromper gentiment avec le premier gentleman venu, et heureusement aussitôt reparti. Il n'eut pas fallu que l'aventure se double.

Son succès venait de ce qu'il était un des hommes les plus inconnus et secrets qu'une femme puisse rencontrer, car il ne se livrait pas. Il faisait parler son interlocutrice, et repartait sans avoir dit grand chose de lui-même.

Quand il semblait se confier, c'était pour dire des choses tellement générales sur la vie, l'amour, les relations, les compliments ordinaires et les cadeaux d'usage, qu'une fois le mirage passé, une femme intelligente pouvait se rendre compte qu'elle ne le connaissait pas davantage que le premier passant croisé.

Il aurait préféré être l'ami de cet homme, si celui-là n'avait pas été, précisément, l'amant de sa femme. Mais il ne pouvait pas même admettre l'ombre de sa forte attirance pour « l'autre ». La jalousie, d'ordinaire sans objet, avait cette fois une bonne raison d'être : il ne pouvait accepter aucun partage. Non pas que ce fût celui de sa femme, mais le partage de « l'autre ».

Sa femme était un de ses biens, il l'avait d'ailleurs achetée, elle qui était dans l'incapacité de se nourrir et de subvenir à ses propres besoins.

Des maîtresses successives, depuis l'âge de ses vingt-cinq ans jusqu'à son mariage à trente-sept ans, lui avaient coûté très cher. Aussi choisit-il quelqu'une qui ne pouvait qu'être dépendante de lui, qui ne pourrait sans doute jamais se libérer économiquement de lui.

Lui donner juste assez d'argent chaque mois pour que la maison tournât. Pas trop pour qu'elle ne puisse en mettre de côté patiemment comme l'ont fait des générations de femmes soumises qui remplissaient des tirelires avec la monnaie des courses. Et il fallait qu'elle soit suffisamment occupée pour n'avoir jamais vraiment d'espace pour elle, vraiment pour elle. Il lui avait donc laissé la possibilité de prendre une souillon pour faire le ménage, mais trop peu d'heures. Ainsi avait-elle l'obligation de travailler encore pas mal d'heures à la maison, afin que l'ordre et la propreté règnent.

Il ne s'agit pas d'une histoire au XIXe siècle, mais bien de ce couple qui réside juste à côté.

N'existant pas pour elles-mêmes, ce genre de femmes passe son temps à s'occuper des enfants qui ne tardent pas à venir, puis à envahir tout ce qui leur reste d'espace vital.

Une demi-heure à trois quarts d'heure le matin, après la rentrée des classes, pour s'occuper de soi. Temps consacré aux réflexions intimes devant le miroir de la salle de bain, pour continuer de tenter d'exister dans le désir de l'homme avec qui l'on vit. Car si elles avaient pu être un tant soit peu amantes au début de leur compagnonnage ou de leur mariage, c'est maintenant qu'elles ne sont plus que mères. Elles ne peuvent retrouver leur sexe que dans le regard de la rue.

Sans s'en rendre compte, elle se répétait devant la glace ce qu'elle avait lu chez le coiffeur, et était persuadée que la fatigue de l'âge était responsable des rides autour de ses yeux.

Son amant était un homme curieux, très indépendant, qui devait être amoureux d'elle, quoique personne n'eut pu l'affirmer. Que lui donnait-il qu'elle n'avait pas avec son mari? Elle lui avait dit que c'était "tellement différent avec lui", mais en fait quoi donc?

Peut-être seulement le fait de la différence, l'écart. Tout simplement pas le même parfum, le même cheveu entre les doigts.

Le risque n'est-il pas d'avoir envie de connaître de plus en plus d'écarts, pour les écarts, et non pour soi?

Il savait, cette semaine-là, puisqu'il était absent trois jours, que sa femme avait deux soirées de libre, qu'elle en passerait une avec ses enfants et l'autre avec son amant, sans doute pour sortir au théâtre puis aller dîner dans une brasserie. Ils avaient, lui et « l'autre », les mêmes goûts pour ces choses de la ville.

Mais il ne savait pas bien précisément à quel moment sa femme trouvait le temps de faire l'amour.

Il se doutait qu'elle l'avait fait quand le soir, au moment où il s'approchait d'elle pour l'embrasser, elle y consentait avec un tout petit recul imperceptible, qu'il remarquait parfois. Mais il lui était devenu difficile de savoir s'il s'agissait de son recul ou du sien, dans la mesure où lui-même en ressentait.

Il n'en était pas certain car il était persuadé que sa femme avait fait sans difficultés l'amour le soir avec lui alors qu'elle revenait de l'avoir fait chez son amant.

Il est vrai qu'il ne pouvait savoir qu'elle avait fini par trouver cela très excitant, elle qui se culpabilisait tant, au début, de dissimuler, tout en continuant à le faire si bien.

Il savait aussi que s'il lui en parlait, il briserait net la force qu'il avait pour maîtriser la situation.

Il se permettait simplement de lui faire peur en parlant de telle femme que son mari avait laissée du jour au lendemain parce qu'elle le trompait, et que lui, sans aucun doute en pareil cas, ferait de même. Elle frissonnait à cette pensée de se retrouver dehors, à la rue, mais ne bougeait pas un muscle de son visage, ni un cil de ses beaux yeux, et continuait de manger doucement.

Les enfants venaient à elle de temps en temps, surtout le mercredi après-midi. Sa fille, qui avait presque douze ans, lui demanda un jour très directement qui était « son amant ? ». Cette enfant avait tout compris et partageait ce secret avec sa mère qui, pourtant, bien entendu, ne lui avait rien dit.

Quant à son fils, il exerçait sa jalousie de jeune mâle en la menaçant de ne pas rester avec elle et de vivre chez son père si elle divorçait, « comme toutes les mères » de ses copains.

Or sa solitude et sa culpabilité étaient telles qu'elle ne pouvait supporter l'idée de n'être pas avec ses enfants, dans le giron familial, mythe tenace et nécessaire entretenu à grands renforts d'expédients, depuis sa propre enfance.

Le grand-père avait acheté une maison dont il pensa en vain pendant les trente dernières années de sa vie qu'elle pourrait permettre de recevoir et d'héberger en même temps et en bonne intelligence tous ses enfants, ses gendres et ses brus, ses petits-enfants et arrières petits enfants. Mais au fil des années, rien de tel ne se passait, il y avait toujours une corde de cet instrument trop sophistiqué qui cassait.

Elle y pensait, savait très bien qu'il fallait cesser de raisonner ainsi et d'espérer faire mieux que son père, mais elle ne parvenait pas davantage à se détacher de cette fiction que de son mari, que pourtant elle n'aimait « sans doute pas ».

C'est qu'elle ne le savait pas. Elle le prenait surtout pour un père, l'homme permissif dont elle avait besoin. Ainsi le triangle était-t-il presque parfait.

Seulement voilà : l'amant se lassa d'être trompé.

Il disparut un matin ou un soir, et ne laissa pas de trace. Elle le chercha partout où elle put. Elle téléphona à tous les amis qu'elle lui connaissait, mais il avait donné des consignes. Personne ne trahit. De toutes façons, les gens n'aiment pas les femmes fidèles qui font souffrir leur amant, ni les maris qui font pleurer leur maîtresse.

Elle crut mourir. Non qu'elle fut amoureuse. Elle l'avait été, et sans doute trop, ou mal, car elle ne savait plus ce que c'était que d'aimer.

Le savait-elle ?

Elle faisait partie de ces femmes particulièrement attirantes pour les hommes, elle avait vécu des centaines, que dis-je, des milliers de demandes, de désirs avoués ou pas, de ces situations qui font qu'une femme a tellement de choix que cela fortifie sa conviction qu'aimer n'est rien puisqu'elle ne peut plus y croire. Elle s'était donc donné l'illusion de le faire en prenant un mari, et comme elle s'était très vite aperçu qu'il n'en était rien, elle avait trouvé un amant qu'elle s'aimait à se faire croire qu'elle l'aimait.

Et puis elle avait de nouveau souffert car elle ne s'autorisait pas à le vivre. Sans aucun doute aussi parce qu'elle n'était plus capable d'aimer. Ou pas capable.

Elle avait été amoureuse, c'était dans sa jeunesse, ou même dans son enfance. D'abord son père, cette chaleur inconditionnelle du regard, du baiser sur le front et de la petite main donnée en promenade, mon papa. Puis un premier homme avec qui elle avait connu la passion, avec ce corps transcendé qui vous fait découvrir très fugitivement ce que pourrait être la vie. Tout cela était parti. L'image du père aussi s'était effondrée, car elle avait appris à le connaître, à le voir tel qu'il était dans le courant de la rivière quotidienne. Elle découvrit que ses parents ne s'entendaient pas, alors qu'elle n'avait jamais rien vu d'autre qu'un couple modèle.

Elle chercha son amant dans toutes les rues où il pouvait passer. Elle y consacra des heures, qu'elle n'aurait jamais voulu lui consacrer autrement. Elle prit des risques qu'elle n'aurait jamais pris pour le voir d'habitude. Elle était triste et n'avait pas peur de le montrer. Elle l'attendait au coin des cafés de leurs rendez-vous passés, dans sa petite voiture, comme un vieux détective désabusé mais confiant de ne pas pouvoir rater sa proie. Il ne vint pas.

Son mari comprit très vite qu'il était en train de gagner définitivement sur « l'autre ». C'est du moins ce qu'il crut devoir penser et il ne dit rien. Ne changea rien de sa manière d'être, continua d'observer, prêt à rattraper sa femme au bord du gouffre si jamais, par trop plein de romantisme, elle se laissait couler.

Il ne fut pas plus ni moins prévenant que d'habitude. Mais, insensiblement, de semaine en semaine, il accentuait sa pression affective. Par exemple, il lui faisait une proposition impromptue de sortie, juste comme il voyait qu'elle ne pensait pas à son infortune, qu'elle venait de coucher les enfants, et qu'elle avait l'oeil vif.

Il pouvait l'emmener car elle avait tout oublié, et il pouvait croire qu'elle était de nouveau toute à lui.

S'il la trouvait défaite, auprès du grand canapé, à écouter Don Carlos, il savait qu'il ne fallait rien faire que se retirer prudemment dans sa chambre en attendant qu'elle vienne, beaucoup plus tard, les yeux un peu rougis. Il la prenait alors dans ses bras et ils s'endormaient ainsi tous les deux.

Peu à peu le temps fit son office.

« Les grands vents attisent les grands feux et éteignent les petits », lui rappela son amie d'enfance, devant un thé de confidences.

Elle décida de s'occuper de faire refaire la cheminée du salon.

Gérard Hofmann

4. ÉQUILIBRE

L'impression d'être seul se doublait de la certitude qu'elle pensait à moi, sans doute au même moment, ou vraisemblablement à des instants très proches. Mais il n'était pas possible de vérifier ces intuitions, ou bien il eut fallu se livrer à une expérience avec des stylos et du papier, des montres pour noter les heures, et aussi, pourquoi pas, les sentiments ressentis.

Mais c'était bien cette solitude qui était la plus forte, avec la nécessité, dans ces moments-là, de tout laisser, de ne plus fréquenter quiconque, de laisser tout tomber, de n'y être pour personne, comme si la moindre présence pouvait représenter une intrusion insupportable dans ma vie.

Ainsi les êtres qui étaient près de moi devaient-ils supporter mon humeur sauvage et difficile. Peut-être comprenaient-ils, peut-être point? Les femmes devaient le savoir, elles qui arrivent à tant savoir, à certains moments.

Le soleil cuisait la peau de mon dos. Ressentir mon corps avait toujours été bizarre, contraignant, presque insupportable, car je ne m'aimais pas physiquement. J'aurais voulu, comme pour l'argent, tout avoir, tout de suite. La santé, la beauté, les moyens. Pour pouvoir être, comme dans la tragédie classique, totalement disponible pour la vie des sentiments.

Et puis de temps en temps, la petite lumière s'allumait, mes yeux la voyaient. Que faire ? Fallait-il que j'accoure et que je remercie tous les anges de me porter encore son message, après une course effrénée dans le colza, dans les blés montés, sous le soleil ou la pluie ? Fallait-il que je fasse des actions de grâce, parce que, une fois par ci-par là, j'avais eu à peine le temps de l'embrasser, pour me rendre encore plus malheureux quelques minutes après, lorsqu'elle venait de repartir et que je devais de nouveau attendre ?

Je m'en voulais d'être si dépendant de moi-même.

Je ne supportais pas, en fait, de vivre "trop passionnément", —n'était-ce pas le reproche le plus terrible qu'elle m'avait lancé ?!— quelque chose qui m'échappait totalement ou presque, qui me rendait prisonnier de moi-même depuis des années, qui faisait monter une sourde colère à chaque fois que je ressentais de nouveau cette nausée caractéristique qui accompagne les accidents, les départs, les morts, les ratages de la vie.

J'avais tout le temps peur de me tromper. Car je m'étais si souvent trompé que je n'avais plus aucune confiance en moi-même. A la vérité, je ne pensais pas tant m'être trompé qu'avoir suivi mes pulsions, mes penchants, mes sentiments et mes désirs. Cela m'était insupportable parce que mon éducation toute entière me l'interdisait depuis toujours.

Ce que j'arrivais à enfreindre et à transgresser, tant au plan moral que physique me donnait beaucoup de plaisir, mais me donnait aussi ce goût insensé de tromper les autres sur moi-même et cela demeurait quelque part en moi quelque chose d'impossible à accepter.

Pour elle, je ne me trompais pas.

Mais par ailleurs, j'étais aimé encore et encore, comme trop souvent. Ma plus grande panique, que je cherchais à masquer par tous les moyens possibles, était d'avoir à admettre qu'une fois de plus je n'aimais pas, je n'arrivais pas à aimer. Car, quelle que soit l'histoire dont je me remémore les détails, c'est moi qui, toujours, ai faibli, ai douté, ai changé, alors que pour les autres, c'est la fidélité qui primait. C'est toujours moi qui suis parti.

Je savais que celle-là, et celle-ci aussi, voudraient autre chose que mon amitié. Il fallait donc une fois encore couper et séparer parce que les parties ne pouvaient pas s'assembler de la manière dont je l'aurais souhaité.

Il fallait aussi que je parvienne à accepter de ne plus te voir, te parler, te voir partir, te voir arriver.

Alors je l'ai fait. J'ai pris une photo de toi, sur laquelle ce n'était déjà plus toi. J'ai tenté de la déchirer, mais le papier photo vernis résistait. Marbrée de mes pliures qui recouvraient ton visage, la photo sombrait dans les creux et les bosses de mes tentatives, et d'un coup, j'allai la porter dans le fleuve où je la jetai.

J'étais libéré. Je découvrais qu'il y avait comme

un philtre, un envoûtement sur moi et que j'avais réussi à le conjurer. A vrai dire, c'était plusieurs femmes qui s'étaient alliées pour me jeter ce sort.

Il fallait que je découvre qui d'autre devait être jetée à l'eau. Je cherchai pendant plusieurs jours, et pendant tout ce temps, surtout le matin, j'étais pris de violentes douleurs dans le dos, la poitrine, la gorge, comme des couteaux que l'on me plantait dans le corps. J'étais certain que quelque part, une femme devait continuer à tenter de me faire souffrir.

Elle me l'avait dit, et c'est comme çà que je me souvins de son nom.

Les autres étaient absentes ces jours-là, aucune n'était chez elle. Je téléphonais pour m'en assurer quand même. Pas de réponse, sauf chez celle où je pensais bien qu'il devait se passer des cérémonies dont j'étais le souffre-douleur. Peut-être même y avait-il des participants, et elle devait être la prêtresse de tout un groupe d'enragés, entièrement dévoués à sa cause et à sa religion.

J'avais peur de perdre la raison, c'est-à-dire de me tromper sur des choses que je ne connaissais pas, ou dont je ne connaissais que ce que tout le monde en sait, c'est-à-dire pas grand chose.

A force de lutter contre ces douleurs qui m'assaillaient et qui, j'en étais certain, m'étaient envoyées de loin depuis un lieu bien précis de la ville où elle habitait, je parvenais à les supprimer presque totalement.

Je pensais que si je parvenais à rencontrer une autre femme, à m'en faire aimer et peut-être, enfin, à l'aimer, je serais sauvé.

Car c'est cela que cette histoire me faisait découvrir, ce que j'appelais mon incapacité à aimer.

Le temps était maussade, je sortis dans la rue. De l'autre côté, je la vis qui marchait vers moi. Elle passa tout près, sans me regarder.

Elle m'avait vu et ne me connaissait plus, moi qui avais dormi près d'elle des nuits entières, qui avais pris et donné tout ce que des amants savent se confier.

Je crus, sur le moment, que cela me défigurerait, que ma douleur allait reprendre.

Ma force fut la plus grande, le sort était définitivement conjuré. Pourtant, en passant ainsi tout près de moi, j'avais senti qu'elle tentait un ultime coup pour m'abattre.

Mon esprit esquiva immédiatement, mon corps se tint droit. Je n'étais pas touché.

Je ne la revis plus jamais, je ne sais même pas ce qu'elle est devenue, et lorsqu'une de ses amies m'en a reparlé, un soir, je n'ai rien reconnu dans ses paroles.

C'est moi qui avais fini par tuer cette forme que j'avais tenue dans mes bras et les hommes qui vinrent après ne la connurent pas. Ils en connurent une autre, avec laquelle je n'avais rien à voir, qui m'était aussi étrangère que la première personne venue.

Ce triomphe était celui d'un homme sur le désir d'une femme, ce qui ne se voit pas souvent.

Gérard Hofmann

5. TRAVAIL DE GROUPE

Il entra dans le laboratoire et se dirigea vers son petit bureau, dans le coin, près de la fenêtre. Il faudrait le changer de place et faire comme ses collègues, mettre les employés et surtout la maîtrise près des fenêtres et s'installer, lui, dans le fond de la grande pièce.

Les chefs devaient montrer l'exemple, d'autant qu'ils étaient la plupart du temps en réunion et laissaient souvent inoccupée une place agréable.

Comme chaque matin, en poussant la porte de verre, il tourna les yeux vers la gauche, pour ne pas rencontrer ceux de cette Yvette, cette employée syndiquée, qui était si désagréable avec lui.

Il savait qu'elle se moquait de lui parce qu'il avait beaucoup grossi depuis deux ans. Il avait arrêté de fumer.

Sa femme aussi, il le savait bien, se moquait de lui, bien différemment d'Yvette, bien sûr, mais pour les mêmes raisons. Et pourtant il avait quand même beaucoup souffert de s'arrêter, cela avait été un combat grandiose de sa volonté contre son désir et contre son corps. C'est pourquoi celui-là avait-il commencé à se déformer ?

Il s'installa sur son bureau, les coudes comme enfoncés dans le métal, ouvrit les deux enveloppes kraft du courrier interne qui étaient posées là depuis hier soir et qu'il n'avait pas ouvertes puisqu'hier, il était l'heure de rentrer. Elles étaient arrivées par le coursier de seize heures. Les deux notes de service parlaient, pour l'une, du réajustement de la grille des salaires, et pour l'autre, de la nécessité de ne pas entraver la fermeture automatique des locaux protégés. Il fallait notamment veiller à ce que les salariés ne bloquent pas les portes à l'aide de différents systèmes bricolés.

A classer.

Sa secrétaire, qui était au bout du couloir à droite dans le renfoncement créé par la différence de niveau entre le nouveau et l'ancien bâtiment accolés, ne lui disait jamais bonjour si elle le voyait la première. C'était à lui de s'annoncer, c'était à lui d'aller la voir, rituel tacite, immuable. Il savait qu'elle prendrait, de toute façon, son café de dix heures avec les collègues de l'étage, et sans lui.

Il entrait, serrait la main des personnes présentes, à l'heure de la première occupation manifeste de la journée : bavarder. Et il ressortait immédiatement. Il avait fini par s'habituer à être traité ainsi et n'aurait, de toutes façons, pas su se comporter autrement.

Parfois il croisait un autre chef de service ou de laboratoire, aussi pressé que lui pour ne pas lier conversation, des dossiers à la main, dont on sait qu'ils sont si souvent trimbalés sans autre raison que d'occuper les mains de leur possesseur ou pour information de quelqu'un d'autre, qui, de toutes façons, mettra très longtemps à en prendre connaissance, sauf si c'est marqué "urgent", ce qui attise non la soif de connaissance ou le désir de rendre service mais seulement la curiosité et… qu'il faille donner une réponse pour le soir, en mettant de côté tout ce qui était important à faire ce jour-là.

Il passa comme chaque matin devant les toilettes et entra. Il n'en avait pas vraiment envie, mais cela l'apaisait, ce lieu si propre grâce au personnel de nuit, presque semblable à l'infirmerie, avec ses carreaux blancs, son savon liquide et ses essuie-mains de coton roulé.

Et puis, de temps en temps, il y avait une innovation : là, un cendrier, un autre distributeur de papier, ici, des verrous plus gros et plus silencieux, d'autres miroirs, un nouveau parfum. Toilettes publiques, mais plus propres que beaucoup de toilettes privées, il aurait bien voulu pouvoir y emporter son journal mais craignait d'être surpris à la sortie, ou que l'on remarqua combien de temps il y aurait passé.

Le calendrier des livraisons l'obligeait souvent à rester un peu plus tard avec ses fidèles, celles et ceux qui ne demandaient jamais rien, mais pour qui il obtenait, de la Direction du personnel, le paiement des heures supplémentaires.

Il ne combattait pas vraiment, mais feignait d'avoir des difficultés, alors qu'en vérité il avait droit à certains "*dépassements sur affaires*". Comme beaucoup de chefs faisaient comme lui et que le secret était bien gardé, tout le monde croyait à leur capacité d'obtenir de la direction des avantages liés véritablement à leur surcroît de travail.

D'arrêter de fumer n'avait pas empêché qu'il demeura très anxieux à la suite de la visite médicale au cours de laquelle la doctoresse lui avait parlé de cancer.

Il n'en avait rien dit à personne, et à qui aurait-il pu en parler ? Il gardait en lui ce crabe qui le rongeait consciemment depuis ce jour.

Son dévoreur intérieur avait pris possession de lui, en personnage extérieur. Comme s'il s'était d'un seul coup dédoublé, puisque jusqu'alors il pensait que ce qui le rongeait était une affaire intime de « caractère » et de « nature ». Il avait des douleurs dans la nuque, dans le dos, dans les reins et aussi parfois dans les doigts. Il attribuait cela aux tracasseries incessantes du travail et des problèmes de personnel.

Ingénieur, il pensait que ce n'était pas à lui de gérer ces équipes si peu raisonnables, qui posaient pour un rien des questions insolubles, qui mettaient en cause à la moindre occasion les accords du comité d'Entreprise, qui se plaignaient de conditions de travail alors que la très grande majorité d'entre eux n'étaient ni logés, ni chauffés, ni habillés, ni nourris aussi bien que dans cette usine. « C'était sans doute pour çà », pensait-il, que ces gens se plaignaient, « par crainte de perdre toutes ces choses ».

On leur avait « trop accordé ».

Et puis il y avait ce quota de travailleurs étrangers, de handicapés et je ne sais quoi d'autre encore, qu'on était obligé de respecter, au risque d'avoir des ennuis avec l'inspection du travail dont il pensait : « C'est une antenne du KGB, un suppôt du socialisme, le ver dans le fruit ! ».

Aussi se tenait-il au plus près possible des consignes du chef du personnel, et les renforçait-il juste un peu pour être certain de ne pas se tromper.

Centriste, convaincu que la France est le meilleur pays du monde, esprit d'accueil paradoxalement combattu par le chauvinisme et le racisme très développés, à la fois attaché aux libertés républicaines et très heureux de voir un président-roi à la tête de la nation, choqué des lois sociales constamment votées, il était un parfait citoyen de ce pays unique, dans lequel est si grande la distance entre son image de marque, son histoire, ses idées, et ce que les politiciens font avec son peuple, c'est-à-dire le peu de cas qu'ils en font.

Yvette le faisait souffrir car il avait peur d'elle. Mutée d'un autre laboratoire dont le chef n'en voulait plus, elle était *invidable*, comme on disait au service du personnel. Elle ne pouvait trouver de travail que dans un service où le responsable n'avait pas assez de pouvoir pour la repasser à un autre.

Elle savait donc que son chef n'avait aucun pouvoir sur elle, et elle en profitait. Pas tant qu'elle aurait pu, à vrai dire, car derrière les convictions communistes de sa famille, il y avait le respect de l'Homme, que son père lui avait enseigné.

Elle n'aurait jamais reconnu posséder cette approche crypto-chrétienne que le vieux militant avait acquise au cours d'années de lutte, autant dire de la véritable pitié pour ces « victimes du système qu'étaient les hiérarchiques ».

Elle ne l'aurait jamais admis, mais en fait, elle éprouvait une sorte de compassion pour ce pauvre hère. Déjà vaincu, elle ne pouvait plus rien lui faire.

C'était sa présence elle-même et les collègues qui le plaignaient « d'avoir Yvette » qui le torturaient.

Et c'est pourquoi, une fois encore, ce matin-là, il entra dans son bureau sans la regarder.

Il savait que la veille au soir, elle avait provoqué une petite réunion pour parler du cas de cette employée à laquelle il était question de mettre un avertissement puisqu'elle arrivait systématiquement dix minutes en retard tous les matins, sans excuse ni explication valable.

Yvette défendait l'idée que cette salariée n'était pas en retard puisqu'elle arrivait toujours strictement et précisément à la même heure, avec un décalage parfaitement précis et minuté…

Il avait commencé par lui demander pourquoi, et devant son mutisme, il l'avait prévenue qu'elle aurait ces dix minutes retirées de sa paye. Cela n'y avait rien fait. Le chef du personnel, que cette affaire tracassait, souhaitait qu'il trouve un autre moyen, ce qui s'était su immédiatement.

Il avait demandé à son voisin de laboratoire de tenter de parler à la fille, à l'occasion d'une rencontre à la cafeteria. Il souhaitait ainsi qu'un autre puisse lui expliquer ce qui se passait, mais il n'avait, là non plus, rien obtenu.

Le service du personnel était réticent à mettre un avertissement, encore moins une mise à pied. Pourtant, il fallait faire quelque chose, c'était devenu une obsession.

Il opta pour l'avertissement et commença d'en parler à la cantine, à un collègue d'un autre labo.

Dès l'après-midi, tout le monde savait qu'il avait parlé d'avertissement, certains disaient même qu'Yvette en aurait un aussi, et qu'on ne pouvait laisser faire çà.

Trois jours après avait lieu cette réunion impromptue, menée par la syndicaliste pour parler du cas. Il fut décidé qu'elle tenterait de raisonner la fille pour obtenir qu'elle arrive à l'heure, mais en aucun cas il n'était question d'accepter que la hiérarchie demande et obtienne un avertissement.

Un tract avait été affiché le matin, sur le tableau du couloir, dénonçant les « nouvelles pratiques de la Direction », prête à « tracasser ses meilleurs éléments pour des questions de discipline », alors que le personnel « était soumis à des cadences de plus en plus inadmissibles » et à des horaires « incompatibles avec la vie équilibrée qu'une salariée est en droit d'attendre de ses conditions de travail ». Ce « nouveau coup du patronat », qui était si habile à manier « la carotte et le bâton », ne passerait pas et tous étaient invités à « rester vigilants ».

La nuit tombait déjà sur l'usine. Il avait encore vécu une journée de cauchemar et quand il rentrerait chez lui, il savait qu'il lui faudrait affronter femme et adolescents bruyants, incompréhensibles.

L'éclairage des tubes venait de se mettre à scintiller imperceptiblement au dessus de sa tête. Il ne se sentait pas bien. Le courrier interne arriva, avec une enveloppe du service Formation.

Une bouffée de contentement l'enveloppa à la lecture de la convocation circulaire, où son nom, « Robert M. » figurait dans la liste. Dans trois semaines débuterait le stage résidentiel qu'il avait demandé l'année passée, et qu'il savait qu'on lui avait accordé. Il connaissait maintenant l'endroit, une hôtellerie de la région de Meaux, et regarderait ce soir-même chez lui sur la carte comment s'y rendre.

Il lui faudrait le dire à sa femme, mais c'était

sans problème puisque, lors des rares déplacements qu'il avait eu à faire pour la société, notamment à l'étranger, il n'avait eu qu'à lui montrer l'ordre de mission pour qu'elle ne lui pose pas même une question. Il le ferait dès ce soir, en revenant.

Faire sa valise le réjouissait, tout en l'inquiétant un peu, si jamais il avait oublié quelque chose.

Yvette avait eu une réflexion désagréable, un peu trop fort, quelque chose comme « les vacances, c'est toujours pour les cadres ».

Il partit, tout comme moi, au stage qui devait durer quatre jours pleins, au cours duquel il ne posa aucune question qui pût le faire remarquer. Il se dégageait de lui, en permanence, une tranquillité morbide.

Il reparut au travail la semaine suivante, la cravate un peu moins serrée que d'habitude.

Deux ans après, nous nous retrouvions de nouveau ensemble en séminaire, comme ils disent, puisque j'étais moi-même, comme lui, patron d'un des laboratoires de la même entreprise.

Il me semblait qu'il avait maigri beaucoup, mais peut-être n'était-ce que parce qu'il regardait toujours vers le bas, et que cela avait pour effet de le rapetisser. Il semblait toujours aussi calme en surface, aussi anxieux dans son fond, rongé par une incertitude totale, un « complexe » comme disent les psychologues, d'infériorité. Il s'exprimait très peu, et très mal, mais le groupe de travail tout entier l'avait admis, ce qui n'était pas le cas pour tous les présents. A table, il parvenait même à rire.

Je sus qu'il connut encore plusieurs déboires et tracasseries de la part d'Yvette qui faisait de plus en plus fort dans le genre déléguée intouchable.

Puis je n'entendis plus parler de lui.

Un jour, au restaurant d'entreprise (la cantine avait été débaptisée), je disais à mon interlocuteur que j'avais besoin d'aller le voir pour qu'il m'aide à régler un petit problème de mise au point d'un circuit.

– Comment ? Vous ne savez pas ?...

– Mais quoi ?

– Il est mort, il y a deux mois, d'un cancer qui l'a emporté en quelques semaines...

– Un...

– Oui, du fumeur, lui qui s'était arrêté il y a dix ans !

— Mais... nous n'avons rien su...

— Son poste n'a pas été remplacé. Lorsque le service du personnel a eu le problème en main, ils ont jugé plus utile d'éclater ce labo en trois et de gagner ainsi un poste... A vrai dire... entre nous... personne n'aurait bien su pourquoi, si on l'avait remplacé...

De ce jour, je suis attentif aux heures qui passent. Je resterai mortel, comme chacun, mais la charge quotidienne s'en trouve allégée, et les êtres que j'aime et qui m'aiment me semblent plus proches. Et je fais tout, chaque jour, pour vivre d'abord ce qui me semble le plus important pour moi.

Je veille à ce que cette bête ne vienne insensiblement ronger mes entrailles. Je veux dire la bête institutionnelle. Car ce qui rongeait tout ce monde là, ce qui avait tué peu à peu Robert M., c'était qu'il n'avait jamais appris nulle part à écouter.

Ainsi, j'appris par hasard que l'employée « toujours en retard de dix minutes » devait tout simplement conduire son fils à l'école. Pour rien au monde, elle n'aurait manqué ces quelques minutes privilégiées, quotidiennes et irremplaçables avec l'enfant unique que la nature lui avait donné. La nature et un homme qui s'était évanoui dans la brume de sa vie active. Un fils tellement important, tellement vivant, tellement indispensable à côtoyer, à regarder, à embrasser chaque matin, avant d'aller au turbin !...

6. COMMERCE

Il se levait le matin vers quatre heures et demie et descendait tout de suite au magasin pour réceptionner la livraison de nuit qui arrivait vers cinq heures.

Souvent il s'habillait directement, en oubliant de se laver, en se disant qu'il remonterait vers sept heures pour le faire. Mais il fallait qu'il ait beaucoup transpiré pour penser à prendre le temps d'aller sous la douche.

Sa femme se levait un peu plus tard, en même temps que ses deux filles qui allaient à l'école avec le car de ramassage. Cette petite ville de province était déjà assez étendue et l'école se trouvait à trois bons kilomètres. Aucune voisine n'avait réussi à mettre au point un système de partage pour conduire et aller chercher les enfants et c'était donc seulement depuis que la municipalité s'en chargeait que Madame

Gougeard était débarrassée de cette corvée. Sinon elle aurait pris son break et, à coups de volant brusques, elle aurait traversé en quelques instants les rues, les passages pour piétons et les feux.

Au magasin, les employés, qui doublaient en nombre l'été, avaient souvent le sourire car le patron était un chic type.

Tout marchait bien. Il mettait la main à la pâte, et était le premier à se précipiter pour décharger les containers grillagés, mettre en place les têtes de gondole, charger de nourriture les grands étalages colorés. Il fallait aussi déballer les fruits avec précaution, et les disposer sur les portants inclinés, avec des décors de carton ou de plastique.

Bien entendu, de temps en temps, il battait Madame Gougeard sa femme, sans trop savoir pourquoi. A la fois il la désirait sourdement sans pouvoir l'exprimer, à la fois elle l'énervait beaucoup et il aurait voulu la tuer. Mais il ne pouvait avoir très longtemps ces pensées coupables et très vite il revenait à son pacifisme habituel de façade. Il lui demandait pardon. Elle pleurait, puis s'occupait de lui.

C'est à ça qu'il pensait lorsqu'une grande femme

brune entra. Elle avait pris un chariot dehors. Son air plutôt détaché, à cette heure matinale, avait quelque chose de tout à fait étonnant, mais Monsieur Gougeard ne s'aperçut tout d'abord de rien car la rangée lui cachait la cliente.

Au détour du grand meuble des surgelés, où se côtoyaient poissons, douceurs meringuées et pommes de terre frites, il la vit et eut envie de lui demander ce qu'elle cherchait. Elle s'approcha de lui, et il se dit qu'elle avait l'air sympathique, pas fier, certainement pas une bourgeoise comme il en vient pendant les beaux mois et les fins de semaines.

Puis il pensa, tout en rangeant, à la soirée d'hier. Sa belle-mère venait de leur prêter dix millions "anciens" pour participer à l'achat de l'appartement. Il en mettait le double. La vieille femme souhaitait, bien qu'elle ne le demande pas vraiment, mais quand même, être copropriétaire avec sa fille et son gendre.

Payer sur vingt ans, cela ne coûterait pas plus chaque mois que le loyer qu'il payait aujourd'hui en pure perte. Il lui faudrait faire aussi dans cet appartement ancien quelques travaux pour y mettre le confort qu'il n'y avait pas pour l'instant. C'est-à-dire encore quelques millions. Son banquier l'aiderait à monter le dossier, en partie bidon, pour obtenir un prêt intéressant. Çà sera un peu difficile pendant deux ou trois ans, mais Catherine, sa femme, l'aidera au magasin, comme toujours, en mettant les bouchées doubles. Bien sûr, il y avait les enfants qui commençaient à être grands. Et puis il y avait sa belle-mère. Elle était maintenant à la maison.

Dans cette partie de la petite ville moderne, rien ne dépassait, à cause du Coefficient d'Occupation des Sols, avec quelques dérogations; même les arbres n'arrivaient plus à passer le chemin de béton, le rose et le gris. On marchait, à reculons, vers la préhistoire. Ici la maison de quartier, le lycée technique, un café sur une fausse place. Le soleil claque sur les tables et l'ombre des destins. Les jeunes passent, en vélo, avec leur sac, les femmes, ou ce qu'il en reste, se laissent tomber sur les chaises en plastique, elles ne regardent plus les hommes, elles cherchent la lumière, un peu de bronzage, complicité avec le soleil, une cigarette.

Une autre cliente s'était approchée des surgelés. « Elle doit être prof », se dit-il. Petite femme brune, aux cheveux courts, décidée comme le sont souvent

les femmes qui ont découvert récemment le travail.
Coup d'oeil. Plainte. Petite mèche. C'est cela le
racisme, ce besoin de classifier, le besoin de savoir "à
qui on a à faire".

Il oublia la grande et la petite femme brune. Du
moins il pensa que c'était mieux de les oublier. Pour
en faire quoi, de toutes façons ?... Il pensa qu'il était
l'heure d'aller boire son café calva. Il se vit en
tenancier de bar, sourit, puis chassa aussi cette sotte
image.

Il sortit du magasin au moment où Madame
Gougeard y entrait par la porte de derrière.

Gérard Hofmann

7. PERFECTION

Ineffable par définition.

Lorsqu'il regarda à côté du gros nuage, un cumulus de beau temps, il vit la mer, et le bleu-vert de la prairie lointaine, et le sable presque blanc, et les quelques animaux qui broutaient là, en attendant le soir.

Par la porte de son dessin imaginaire, on pouvait découvrir l'escalier qui menait à une grande salle où se trouvait une table ronde. Il y siégeait en face de lui-même, univers dans lequel les choses étaient multiples en regard de l'unité de l'Être.

Le nuage s'écarta un peu et il put mieux voir ce qu'il y avait au sol. D'un mouvement lent mais précis, il changea son point de vue, qui était toujours le même, mais qui lui permettait de confirmer à ses spectateurs qu'il avait de la réflexion, et de la raison aussi.

A la limite incessante du monde, le temps réconciliait les humains avec leur destin, mais point l'espace qu'ils cherchaient à vaincre.

Car nous avions enfin compris que l'Humanité s'était fourvoyée tant qu'elle avait compté, mesuré et analysé, tant qu'elle avait vécu dans le quantitatif.

La seule question demeurait toujours : pourquoi ne l'avions-nous pas compris plus tôt ?

Pourquoi ne savions-nous pas ?

Très longtemps, il est vrai que nous avions cru.

Énoncer "Dieu est mort", c'est dire que l'approche métaphysique est définitivement écartée de nos façons de penser. Le monde de la Logique est celui de la mort, celui de l'unité fatale, celui de l'unité forcée. Il n'y a pas d'Unité au sein de la création et du Multiple dans la mort.

Nous reconnaissons enfin —mais qui veut l'entendre ?—, que la vie est jaillissement, désir jamais assouvi de combler le manque, sous des formes multiples et fleuries.

Depuis si longtemps que l'Humanité entière n'avait vécu que de grains, de monnaie et d'or fallacieux, de poudre aux yeux, de marchands de sable et de divers endormeurs, qu'ils soient capitalistes libéraux ou capitalistes socialistes, ou capitalistes matérialistes.

Le verbe Avoir règne en maître sur toutes les contrées du monde, et rien ne peut ni vêtir, ni dévêtir nos consciences du moindre changement.

Quelques penseurs et autres essayistes ont bien tenté d'en dire quelque chose, et de combattre par des mots les montagnes gigantesques, bleuies et froides, tentaculaires et destructrices, fauteuses de guerres mondiales, destructions fomentées par les Hommes pour reconstituer leurs stocks d'Avoir.

Ceux qui parlaient de la vie des humains se retrouvaient immédiatement excommuniés.

Nous sommes déjà nombreux à tenter de le redire.

La réaction, très simplement appuyée et financée par les possédants, tous les possédants, qu'ils soient gros ou petits, fait taire par tous les moyens, dans le monde entier, ceux qui veulent leur libre-arbitre.

Le conditionnement a été poussé très loin,

puisqu'il se fait avant le départ, chez le petit garçon et la petite fille. Nous sommes les véhicules, les supports et les transmetteurs de *la Morale des placards remplis*.

Personne n'y échappe, ni à l'Ouest, ni à l'Est. Parce que les avantages acquis sont le fléau principal, qui fait des possédants des êtres corrompus, sans respect des autres vivants, quels qu'ils soient.

L'Église, qu'elle soit de Rome ou d'ailleurs, le propage et le renforce. Elle est la première bourse morale du monde. Elle saltimbanque avec son haut-parleur, sa crécelle, dans une voiture blindée, et reçoit les échos des mondes de tous les goulags.

Le pouvoir appartient aux possédés de leurs possessions, c'est-à-dire à des accumulateurs qui ne s'appartiennent plus et qui voudraient qu'il en soit de même pour tous.

Chacun a fort à faire avec ses sentiments, ses penchants et autres ingrédients de sa personnalité. Il y a des milliers de manières de « se perdre », comme dit le risque. Sur la scène, il y a des centaines de rôles, plus ou moins satisfaisants pour les engagés de la pièce. Nous tentons de prendre les meilleurs. Parfois nous vivons bien, quelques instants, parfois nous sommes presque morts.

Ainsi en va-t-il de la possession des êtres les uns par les autres qui est l'invention la plus scélérate de notre civilisation.

Et l'esclavage revêt des formes très diverses et très subtiles. Très propres aussi. Comme les tortures invisibles.

Les religions se sont affermies en affirmant que l'esprit appartient à l'individu et à Dieu qui l'a créé. Quand on est esclave, on l'est surtout et avant tout parce que votre esprit appartient à quelqu'un d'autre. C'est pourquoi cinquante esclaves ne se révoltaient pas devant un maître, fut-il seul et sans armes.

Nous disons : ni maîtres, ni dieux, en minuscules. Ce n'est pas la même affirmation que la formule connue.

Pas de modèles, de personnalités exceptionnelles, de conducteurs. Pas de trouble relation avec le Père incestueux. Pas de formules, pas de ligne, pas de slogan.

Ils sont toujours au pluriel, ils se partagent le monde, ils se partagent l'information et le pouvoir de la parole.

Le peuple, élu roi par la démocratie qui l'abuse (mais comment pourrions-nous être autre chose que démocrates ?), ne peut savoir que c'est ce règne de l'Avoir qui ne peut se maintenir que par et grâce à la démocratie libérale.

J'ai dit la nécessité de laisser parler.

Cette femme qui ne parlait jamais d'elle avait perdu tout désir, et n'existait plus que dans un viol, désir du désir de l'autre. Elle ne pouvait plus aimer. Ce n'est pas elle qui disait oui ou non, mais l'autre qui possédait cette quantité chosifiée.

J'ai accompagné les écrivains devenus fous, Nietzsche, Reich, les pensées récupérées par les hit-parades, Marcuse, Sartre. J'ai esquivé les affirmations de l'inégalité, maurassiennes et nationalistes, je combats toutes les formes de racisme, de peine de mort, de possession d'un être par un autre.

Ainsi doit se transformer la civilisation toute entière. Il n'est pas possible que l'Humanité vive trop longtemps dans son état actuel.

8. DISTANCE

Car cette histoire commence sur la distance qui sépara, toute sa vie, un être de lui-même.

C'était en permanence sur la scène qu'elle se trouvait.

Elle avait été élevée par un père qui l'aimait sèchement. La grande maison abritait plusieurs chambres. Le vieil homme, aride comme une campagne sans eau, vivait de son côté, ne descendant que pour manger. Sa fille, aidée par la servante, allait à l'école et rentrait pour faire ses devoirs.

Au diner, elle voyait ce père si grand de taille, si précis dans ses regards.

Passe le temps et la frayeur du silence.

Elle grandit, sans femme à qui parler, et fut juste violée, par lui, un matin. Il ne lui fit pas grand chose, à vrai dire, mais suffisamment pour lui faire perdre tout son amour de la vie. Elle ne comprenait plus rien depuis ce jour. Elle fut sa maîtresse pendant quatre ans, jusqu'à dix-huit ans. Là, un autre la prit, de la même manière, très fort et très vite, et elle partit.

Ce n'est que dix ans plus tard qu'elle retourna voir son père.

Il n'avait pas changé, mais n'essaya pas de la toucher. Ils ne parlèrent jamais de rien. De toutes façons, il savait qu'elle ne pourrait plus jamais aimer aucun homme, et c'était cela, entre autres choses, qui lui causait jouissance.

Elle était partie pour Paris, où elle travaillait bien. Elle vivait avec un garçon gentil, qui ne lui faisait pas l'amour trop souvent, qui la laissait tranquille. Elle, elle allait dans les rues, parfois, et se faisait prendre par n'importe qui ou presque, du moment que cela la replongeait très vite et très fort dans l'histoire de son enfance, le souffle du père.

Elle rentrait ensuite à la maison, et s'endormait auprès de son compagnon. Une autre femme vint lui prendre cet homme à qui elle ne pouvait rien donner d'autre.

Seule, elle eut une ou deux amies dont elle

partageait les aventures, les maris et les enfants. Elle rentrait ensuite chez elle dormir et repartait au travail le lendemain.

C'est ainsi qu'elle passa sa vie, en continuant de faire croire aux machins masculins qu'elle n'était qu'un objet sexuel. De toutes façons, elle ne pouvait pas arriver à jouer un autre rôle.

En avançant en âge, sa beauté se transformait, passa par une maturité extraordinaire, où tout le monde se retournait sur elle pour la regarder et la suivre des yeux. Elle se faisait toujours prendre, par fausse surprise et faisait semblant de jouir, comme tant d'autres, et remerciait la chose humaine, qu'elle avait eu sur elle, de lui avoir tant donné.

Elle ne pensait même plus qu'il lui aurait été possible de vivre un peu une vie de femme aimée. Elle n'aurait, de toutes façons, pas su aimer. Son anesthésie était totale.

Donc rien ne se produisit. Elle continuait de séduire, puis de faire peur, et les hommes l'abandonnaient après en avoir usé, bien mal, à vrai dire, la plupart du temps. Elle n'embrassait pas mais se laissait dévorer, elle ne touchait pas, mais se laissait malaxer. Elle ne prenait pas et se laissait torturer.

Elle avait son père en horreur. De plus en plus, car avec les années qui passent, on s'aperçoit des vraies causes de son état, on les connait de mieux en mieux, avec certitude. On ne peut y remédier, mais on sait les montrer du doigt, les désigner. C'était bien lui qui l'avait si mal démarrée dans la vie.

Elle descendit donc en train pour aller le voir. Puis entra dans la maison où elle n'avait pas prévenu de son arrivée. Très simplement, elle lui trancha la gorge avec un couteau de la cuisine, puis alla au poste de police. Elle ne dit mot, mais emmena les agents avec elle dans la maison, pour qu'ils voient.

On lui reprocha mille choses avant et au cours du procès, y compris de n'avoir pas dit plus tôt ce que son père avait fait. Son avocat n'avait d'ailleurs pas réussi à le lui faire dire, c'était seulement des suppositions et des ragots du village.

Elle n'avoua jamais que son père l'avait violée à quatorze ans. Parce qu'elle savait qu'elle attendait en quelque sorte quelque chose comme ça, dans ses rêves et que, de toutes façons, elle était coupable d'avoir pu désirer connaître l'amour qui lui était de toutes manières horrible.

Jamais personne n'aurait dû le faire autrement, selon elle, que pour procréer.

Elle ne dit rien ou presque et alla en prison, pas très longtemps. Quand elle en sortit, elle revit le jeune homme avec lequel elle avait vécu quelques années, qui s'était marié et avait des enfants.

Elle n'avait plus l'âge d'en avoir, bien qu'elle pût encore le faire. C'était surtout qu'elle savait qu'il fallait être deux. Elle méprisait depuis toujours les femmes qui pensaient pouvoir "faire des enfants toutes seules", et se souvenait notamment d'une grande femme brune qui ne se rappelait plus de l'homme qui lui avait prêté son corps pour un peu de semence.

Elle continuait de penser qu'elle ne pourrait jamais rien établir avec un homme de telle sorte qu'elle puisse en avoir un enfant. Cette pensée la poursuivait depuis quelques mois. Compte-tenu de son passé, elle savait aussi qu'elle serait particulièrement surveillée par l'Action Sanitaire et Sociale qui, depuis Pétain, dans son pays, a cette mission.

Elle renonça, mais tard.

Devenue vieille, elle était tour à tour bien sympathique ou méchante, et surtout avec certaines femmes dont elle était jalouse. Qui lui racontaient en long et en large leurs maris, leurs enfants, leurs joies de grands-mères et de veuves.

Elle mourut seule, un matin, comme à quatorze ans, et comme c'était à l'hôpital et que personne ne venait la voir, elle fut mise en frigo à la morgue, en attendant. Un locataire de son immeuble, avec lequel elle parlait de temps en temps, vint prendre incidemment de ses nouvelles. L'administration lui tomba dessus, pour lui demander ce qu'il "comptait en faire". Un peu pris de court, il bredouilla qu'il allait faire le nécessaire et donna son nom et son adresse. Dans les deux jours, des croque-morts se présentèrent. Le voisin commanda un cercueil simple, avec l'argent qu'on avait trouvé dans son sac et dont la direction de l'hôpital lui laissa l'usage.

Le corps refroidi fut emporté la semaine suivante. Le locataire était seul dans l'estafette, avec les trois employés de la société de pompes funèbres. Au cimetière, on fit les choses rapidement.

Ainsi, la distance qu'il y avait eue entre elle et le

monde n'avait fait que s'accroître avec les ans.

On l'enterrait comme elle avait vécu, loin des autres et d'elle-même.

Gérard Hofmann

9. TOUT NEUF

Il siffla deux coups. La plage était déserte, apparemment, et la mer montait lentement.

Il avait rendez-vous avec elle, près des rochers de la partie Est, là-bas où parfois des bandes de jeunes faisaient du feu, le soir, avant de se baigner plus loin, dans le noir.

Rien. Pas d'écho. Il goûtait pour la première fois la possession de quelqu'un d'autre. Cela avait un goût bizarre, à la fois sucré et amer, doux et suave quand elle était près de lui, fielleux et difficile lorsqu'elle n'y était pas.

Mais parfois, alors qu'elle était là, tout près, c'était comme s'il ne la voyait pas. Il eût fallu quelque chose de plus, comme une chaîne de bateau entre eux, pour qu'il y crût. Il n'avait pas encore connu cet attachement meurtrier qui fait de vous ce prisonnier tellement malheureux que sa seule idée est de s'évader, par tous les moyens.

Il avait l'âge des montres en plastique-couleurs et des maillots de bain qu'on enlève à minuit, pour se baigner avant d'aller en boite. L'amour était partout, c'était comme une nécessité. S'attacher, puis rompre, puis s'attacher, puis finir par... FINIR pour dire commencer, AVOIR pour croire être, signer pour promettre, embrasser pour dire c'est à moi.

Il faisait l'expérience de l'entrée en matière terrible des loups de la jeunesse, ceux qui foncent dans la neige de notre coeur et qui désolent tout, puisque rien ne se refait de ce qui a été défait et mal vécu.

Mal l'amour, pas d'amour, la possession, déjà si jeune, puisque cela va avec les études que tu fais, avec les parents que tu as, avec les amis qui te le disent et qui admirent tes résultats, avec les journées passées au tennis.

Plus tard, et peut-être jamais, la pesanteur de la vie, les déboires et les succès achetés de droite et de gauche, explosent en miroir infernal, tourné vers la vieillesse, celle qui fait qu'on a mal de faire encore quelque chose, alors qu'on voudrait déjà être mort, ou être Dieu, tout posséder, Lui qui possède tout, puisqu'il a même tout ordonné, le grand ordinateur.

Sur cette plage se jouait ce soir encore une fois, insignifiant et signifiant, le destin d'un jeune homme qui attendait une jeune fille, qui ne serait sans doute pas sa femme mais qui serait celle d'un autre, peu importe, il fallait seulement passer le temps jusqu'à cette échéance.

Le sable humide et un peu chaud, tiédi par le soleil de la journée, lui semblait familier, mais cela accompagnait aussi une nausée profonde dont il ne se rendait pas vraiment compte, tout tourné vers sa *target* : la rencontrer ce soir-là.

Le soleil avait achevé de se coucher, plus de lueur à l'horizon, et il parvint à la deviner dans le noir, elle s'approchait de lui.

Ses baisers eurent un goût curieux, inattendu. Il pensa que cela aurait dû être bien meilleur.

Elle ne bougea pas, ne lui proposa rien, ne lui dit presque rien, elle s'accrochait seulement à son bras, et continua ainsi pendant des heures, ce qui le rendit furieux intérieurement.

Mais il ne pouvait lui dire, cela était inutile, puisque si elle avait été en mesure de comprendre, eh! bien, précisément, elle ne se serait pas comportée ainsi.

En fait, elle avait peur d'elle-même et de son coeur qui battait si fort pour ce garçon inconnu quelques jours auparavant. Quand il lui demanda si elle l'aimait, elle répondit brusquement que non, alors que sa machine interne battait un rythme bien différent, celui de l'amour.

Pourquoi ? On ne sait pas pourquoi on est amené à dire le contraire de ce que l'on pense et de ce que l'on ressent le plus profondément.

Quelques semaines plus tard, à Paris, où ils habitaient tous les deux, les téléphones jouèrent le rôle diplomatique tout à fait remarquable qu'ils sont capables de jouer, transformant jusqu'à l'image même qu'on se fait de l'autre, car au téléphone, bien souvent, la voix devient celle d'un ange.

Rendez-vous sont pris. Soirées sont passées à se retrouver au concert ou au cinéma. Par la main dans le noir, beaucoup plus intensément que sur cette plage de vacances, mais avec le goût du plat attaché.

Beaucoup gratter pour nettoyer tout çà. On ne le fait pas.

Mauvais concerts, restaurants médiocres, cinémas des Champs, ils ne voient pas grand chose de ce qui leur arrive. Les familles ont l'oeil. Puisqu'il vient de trouver cette excellente situation d'informaticien, et qu'elle est sur le point de terminer sa spécialité, rien ne s'oppose plus au mariage.

Ils décident, car ils sont modernes, de commencer de vivre ensemble, après avoir été fiancés pendant près de huit mois.

Le mariage a lieu des mois plus tard, après une course de toutes les fins de semaine pour trouver un "endroit".

Auberges, châteaux loués, hôtels-restaurants de campagne, complexes de loisirs, salles des fêtes de village, tout y passe autour de la capitale. Mais tout ce qui leur plait est souvent pris, pour la date retenue, ou bien très cher. Finalement un choix par défaut leur assure un relais dans l'Eure, tout ce qui convient pour contenter leurs invités.

Liste de mariage, choix des vêtements, pour eux, les petits frères et les cousines, les mamans, et quelques autres contraintes qui occupent bien la future mariée pendant tous les jours jusqu'à pousser sa fatigue très loin, comme les pires des travaux, un mauvais rêve.

Après quelques mois de mariage, elle est enceinte.

Après quelques années, elle a deux enfants, avec des douleurs à chaque anniversaire, puis chaque mois, pour ses règles. Cinq ans plus tard, elle doit être opérée.

Ils aiment toujours les mêmes choses. Il s'est passé une sorte de transformation chimique (certains diraient alchimique) puisque leur substance est devenue immuable, comme précipitée et fixée.

Leur vie progresse lentement, et sans changement.

Les enfants grandissent bien. Ils vont à l'école. On vote au centre droit, toujours, depuis toujours dans chaque famille. On est éclairé et on donne pour les grandes causes, on aide à Noël, on fait finalement des tas de choses fort utiles pour la cité.

Les amis sont bien chez eux, ils sont bien chez leurs amis.

Et se dégage de toute cette vie l'impression d'une visite de musée, du pire des musées, celui qui ne peut plus bouger, rien n'y évolue, rien n'y change, le gardien lui-même est immortel, il tend la main toujours de la même façon, à chaque visite. Peu s'en font mais il y en a tout de même assez pour laisser ce musée ouvert, et puis c'est la gloire de cette petite ville.

Doucement, comme avec élégance alors que c'est la propreté de la mort, du formol de ce bocal si transparent qu'il parait ensoleillé, doucement, cette *fixitude* ronge chacun des êtres en présence. Il s'accumule sur eux, insensiblement, une poussière grasse comme celle de l'espace, invisible et tenace.

Leur bonheur même n'a pas de nom, un enfant fugue, l'autre se drogue. On n'y comprend vraiment rien à cette époque de malheur.

En arrêtant ainsi chacun de leur geste, même les gestes de l'amour, vérifiés, mine de rien, dans un – un seul – film porno, référence la plus bourgeoise qui soit, ils n'ont pas pu comprendre que la mort les a saisis. Ils ont cru, tout simplement, *vivre comme tout le monde.*

En fixant leur destin, dans chacun de leurs gestes quotidiens, depuis le lever, la toilette, le petit déjeuner, les dents, la serviette, le bureau, l'école, la voiture, la maison, les beaux-parents, la messe, le journal, la télévision, les vacances, le compte en banque et les économies qu'on arrive à faire, le petit héritage du vivant de..., les soirées sympathiques, les petites et les grandes attentions, les anniversaires et les gâteaux au chocolat, en fixant toutes ces scènes, ils ont tué, au delà de toute physique des événements (dans la métaphysique), le jaillissement de la vie dont on leur avait donné si grande peur.

Un cousin avait même été mis en quarantaine, lui qui vivait autrement, et qui osait parler, comme d'autres composent de la musique, avec insolence, impertinence contre tout, et sans scrupules.

Un de leurs fils rencontra une jeune fille qu'il épousa. L'autre continua de se droguer, c'était comme s'il n'existait plus pour la famille. Les grands parents finirent par mourir.

Entre eux et la mort il n'y avait donc plus de rempart.

Ils passèrent leur retraite avec le Figaro

Magazine, car comme le vent tourne à droite lorsqu'on s'élève dans l'atmosphère, il en est de même de ces gens qui vieillissent.

Elle mourut la première, d'une sale histoire pulmonaire.

Son deuxième fils arrêta de se droguer; de toutes façons, il buvait pas mal, mais c'était déjà plus facile à admettre, en France.

Lui revint sur les lieux de leur jeunesse et ne reconnut presque rien. Le béton avait pris de la place, et il y avait du monde partout, alors que cette station balnéaire n'était pas spécialement animée, lorsqu'il avait quinze ans.

Il passait beaucoup de temps dans sa maison dans le Quercy, et quelques amis venaient le voir, quand il ne faisait pas trop mauvais.

Il décéda au début d'un hiver, et il n'avait en fait aucune autre raison pour cela que l'ennui monstrueux qui s'était brusquement emparé de lui un matin, alors qu'il se regardait dans le miroir de la toilette. Il se laissa aller peu à peu vers la fin, mais sans aucun heurt, ni dans sa tête, ni dans ses actions.

Sa femme de ménage le découvrit au lit. Elle

téléphona à sa belle-fille qui fit immédiatement tout le nécessaire. Elle passa un avis dans Le Monde, car elle lisait ce journal de préférence au Figaro, ce qui l'avait toujours fait paraître "un peu gauchiste" à son beau-père.

Le fils qui buvait vint à l'enterrement, bien entendu, et l'on parla un peu de lui, à part.

Il alla dans la maison du Quercy et passa deux jours à lire les lettres que ses parents s'envoyaient lorsqu'ils allaient se marier et qu'ils s'écrivaient tous les jours. Cela avait duré huit mois, et les lettres avaient chacune au moins quinze pages recto-verso. Il pleura de dépit de voir tant d'amour gâché, mais lui savait pourquoi.

C'était un peu là, dans ce trésor méconnu, et qui le resterait, que gisait la vie de ses deux êtres qui venaient de partir pour le pays où ils vivaient depuis toujours, puisque leur civilisation ne leur avait montré que cela.

0. QUANTITÉ DE DIEU

Longtemps, l'oiseau bleu a survolé la mer, en espérant une île. L'image n'est rien en regard de la réalité de l'angoisse de l'animal parti du continent et qui ne savait même plus d'où, de quelle direction, ni dans quelle direction il lui fallait aller.

Sa grande force et son énergie lui permettaient de voler et il volait depuis des années sans s'arrêter.

Il avait dépassé la fatigue et la peur.

En plus des orages, de la solitude et de certaines chaleurs accablantes, il y avait aussi les mirages. Il voyait une île, et quand il arrivait à sa hauteur, elle s'était déplacée ailleurs d'autant, il n'était pas arrivé au but qu'il croyait atteindre.

Il y avait aussi les îles qui se dérobent, il y avait celles qui lancent les hauteurs pointues de leurs montagnes contre vous, il y avait celles qui disparaissent dans les profondeurs, le temps de les atteindre.

Il y avait aussi celles dont le climat ne convenait pas, celles où l'on se sentait étranger, celles où rien ne pouvait vous abriter, celles où il fallait tout payer, celles où il y avait déjà tellement d'habitants qu'il n'y avait plus de place, celles où il fallait travailler sans relâche pour manger un demi-fruit, bref, il y en avait de toutes sortes qui ne convenaient pas à l'oiseau bleu.

Ainsi m'étais-je passionnée de vous et je tentais de vous le dire.

Mais rien d'autre que votre présence tous les jours, votre présence trop silencieuse.

Ainsi apprend-on à ne plus souffrir, à ne plus ressentir. Il est possible de pratiquer sur soi-même une anesthésie presque parfaite qui laisse juste encore de quoi pouvoir goûter certains aliments.

On ne tombe jamais plus malade, la maladie n'est rien. On ne sentimentalise plus rien, tout devient relatif. Et c'est vraiment bien.

Et puis un soir, vous me dites je vous aime. Le concierge balaie le trottoir. Je vis dans une maison dont l'escalier n'a pas de marches. Le téléphone n'a plus de fil. Les lettres me parviennent encore vides.

Et puis je quitte chaque jour ma caverne pour aller travailler.

Alors il ne faut pas voir les choses autrement qu'elles sont. Il ne faut pas rêver, même si le rêve constitue l'essentiel de la vie. Il faut rêver avec des êtres qui rêvent comme vous, qui sont semblables.

Certains ne savent que séduire, mais ni vivre ni partager. Ils sont condamnés à errer, s'ils en ont le courage.

Parfois la mer monte si vite et si fort qu'il faudrait courir dans les rochers pour échapper à la vague énorme. Mais en même temps, être englouti peut être agréable, cela va vite, on ne sent rien, qu'un peu de froid, un choc, puis rien.

Personne ne peut rien pour vous, en dehors de soi-même, n'est-ce pas ?

Et quelqu'un[1] disait: "Que font ceux-là qui veulent sans cesse ôter les cailloux devant vos pieds, alors que vous savez pertinemment que votre chemin ne peut être que caillouteux ?"

---

[1] Nietzsche.

Il faut savoir se sauver avant d'être englouti par la machine dévorante. On ne soigne jamais ses propres malheurs en les partageant avec quelqu'un d'autre. Trop d'efforts pour comprendre un être nuisent à l'harmonie. Le corps disparait vite, avec les années, et il ne reste plus que l'esprit, et c'est là que doit être l'entente. Or vivre avec quelqu'un sans se nier et sans le nier est une impossibilité dans un monde où tout repose sur la Sainte Possession (sacrifier, capitaliser, amasser, garder, avoir, entasser, posséder, donner, prendre, vendre, marier, économiser). Et vivre autrement n'est pas possible.

La propriété privée comme vaste domaine de l'illusion. Déjà tellement difficile de s'appartenir à soi-même ! S'aimer suffisamment pour être capable d'aimer les autres.

La nuit a deux parties : d'abord elle permet de tout oublier puis des mauvais rêves vous réveillent. Il faut alors se lever, boire de l'eau, manger un fruit, regarder le ciel au dessus de la ville, puis, fatigué, se recoucher pour tenter le repos jusqu'au matin.

Ainsi lorsque je frappais à ton coeur, il m'était répondu: "attendez, attendez, je ne suis pas loin mais très occupé". Lorsque j'allais te voir, tu regardais ailleurs. Lorsque mes enfants étaient là, tu marquais parfaitement la différence entre toi et un père. Lorsque je te donnais rendez-vous, parfois tu venais, parfois tu ne venais pas, parfois même tu oubliais.

Quand je te voulais avec moi loin de tout, dans une maison de campagne, —sans confort, c'est vrai, sans chauffage, sans rien que nous dans le noir du soir—, juste un feu de bois, tu me faisais rentrer à Paris sous la pluie pour te raccompagner. Et tu allais dîner ailleurs. Lorsque je mourais de te voir monter chez toi... Lorsque je voulais rester près de toi...

Lorsque je t'embrassais, tout doucement, pour ne pas t'effrayer, et que tu me disais "non, pas de démonstration, j'ai horreur qu'on me voit, horreur de m'afficher… Avec tout le monde c'est pareil, tu sais!"

Quand je te téléphonais chaque jour, et que tu n'avais rien à me dire ou que tu me critiquais, pour rire. Lorsque tu me disais que "je ne savais pas y faire avec toi", "ni te prendre, ni te garder", moi qui ne sais effectivement rien FAIRE.

Tu me disais aussi que je n'étais pas "une vraie femme"... Depuis, tu as confirmé tout cela en me disant que j'avais "changé", ce qui voulait dire, bien entendu, que j'étais davantage comme tu le souhaitais. Or je n'ai rien changé, c'est ton regard qui n'est plus le même.

Lorsque je voulais te voir et que tu ne voulais pas.

Dans tous ces moments là, j'ai continué à souffrir comme cela m'était arrivé pour d'autres choses dans ma vie.

Pour te dire enfin en face ce que je pensais, et pour en terminer, je t'ai écrit le plus vrai de moi-même, ce petit livre, où je me suis mise tout entière. En sachant que tu ne réagirais sans doute pas différemment de tes habitudes. Et de fait, le lendemain, j'entendais : "On s'est mis à trois copains pour te lire, mais on n'a rien compris!". Trop de dureté, peut-être un peu de méchanceté, de toutes façons, trop de silence. J'étais glacée. J'étais un bloc de honte, de solitude, de désastre.

Puis j'ai décidé de ne plus souffrir. J'ai donc appris à ne plus penser à toi que pour te ressentir loin, comme un tout petit objet impossible à atteindre, dans le profond horizon de mon passé. Au loin, au loin...

Cela a achevé de me transformer et tu m'as ainsi donné beaucoup : c'est qu'aujourd'hui, je sais ne plus subir, ne plus souffrir. Je sais vivre, à côté de ce qui est trop difficile.

Alors, effectivement, je n'ai plus souffert, je suis parvenue à ne plus souffrir du tout.

Je savais que tu existais, quelque part, mais cela ne me touchait plus. J'avais gagné une grande bataille sur moi-même.

Puis le temps a passé. J'ai très souvent beaucoup plus été aimée, dans ma vie, que je n'ai pu aimer et que je n'ai aimé. Personne ne m'a jamais quittée. C'est toujours moi qui suis partie. Le temps déroule ses corolles et ses algues.

Puis soudain, un jour, j'apprends que tu ne peux te passer de moi, que tu me veux, que tu ne peux vivre sans me voir. Alors? Je trouve cela à la fois incompréhensible et pourtant je le crois vrai. Je comprends que tu devais cacher une bonne partie de ce que tu pensais de moi, que tu pensais nécessaire ce genre d'épreuve, pour toi-même, et sans doute pour moi. Mais qu'en faire? Et comment ne pas croire que j'avais quand même raison dans tout ce que je ressentais?

Tu as été adulé —tu es adulé— par des gens qui croient t'aimer, qui t'aiment ou encore qui ne t'aiment pas. C'est la même chose dans ma vie de rencontre. Les autres veulent posséder. Tu n'en veux plus, c'est moi que tu veux. Nous. Mais où existons-nous?

Aujourd'hui, ayant dépassé la douleur, je suis ailleurs, à côté de tout, j'ai trop ressenti, ma sensibilité n'en peut plus, je suis fatiguée.

Je travaille. De temps en temps, je souffre de n'être pas assez seule, mais dans l'ensemble, ce n'est pas si mal. Il y a un ou deux bons amis.

La place que tu occupais s'est peu à peu comblée, comme un trou dans le sable quand la mer vient, d'abord avec de l'eau salée, tranquille, transparente et écumeuse, comme des larmes, puis avec le sable qui se lisse et se nivèle, pour ne laisser qu'une légère dépression dans le sol, sous l'eau qui monte. Je suis nivelée.

Je te respecte et t'admire et il y a ici toute ma tendresse, celle qui n'a pu s'exprimer plus tôt, et qui m'a fait souffrir si fort. Mais il ne faut pas en vouloir à l'Autre de ce que l'on souffre parce qu'il ne vous donne pas autant qu'on le voudrait.

Quant à partager nos vies, nos temps, nos corps et nos têtes claires, je ne le peux pas. Une rencontre est souvent le résumé de ce qu'est l'existence: pour nous, ce sont nos différences et les souffrances qui sont les plus fortes.

Mais comme il m'est impossible de supporter davantage d'être éloignée de l'image que je me faisais d'une vie réussie, comme je ne trouve pas à l'extérieur, dans la rue, tous les jours, assez de trouble chez les autres pour équilibrer le mien, il me reste à décider l'essentiel.

C'est ce que je viens de faire. La vie était claire et sombre. Elle n'est plus. Je passe à autre chose, comme une belette qui trouve un trou pour se cacher du soleil.

Je ne crois plus en toi, j'ai perdu la foi.

Gérard Hofmann

ZÉRO

Relation, zéro. Communication, zéro. Regard, zéro. Habitat, zéro. Toi et moi, zéro. Toucher, zéro.

Blessée. Atteinte.

Beau temps, zéro. Douceur, zéro. Corps de l'autre, zéro. Proximité, zéro.

Coulée. Transpercée. Nausée.

Ne me quittez pas, je suis de celles ou de ceux qu'on n'oublie pas.

Gérard Hofmann

Donner, ne pas donner. Être sensible au geste qui tue, la main qu'on pose et qu'on reprend. Avoir vu, être assassiné-e par la solitude. Hurler au levant, en silence, sa solitude. Ne plus voir personne, ni à droite, ni à gauche. Avoir été utilisé-e puis jeté-e.

Ne pas avoir la force de se jeter soi-même, même pas aux pieds de quelqu'un pour demander son amour.

Accumulez dans tous vos placards vos biens, vos précieuses denrées, surtout pour la guerre.

Gérard Hofmann

Ne croyez pas que je me trompe d'interlocuteur.

Je vous aime d'un amour si tendre que toute l'humanité est ma soeur, chaque homme est mon frère, chaque femme, ma soeur.

Et je voudrais que toutes les possessions disparaissent, jusqu'à la moindre maison, pour que nous habitions la Terre, jusqu'à la moindre feuille de papier, pour que nous puissions nous exprimer.

Gérard Hofmann

Quelque chose de l'Humanité s'est cassé avec le

nombre,

Et nous arrêtons avec zéro,

Après avoir énuméré les neufs premiers

Qui servent à faire

Avec celui-là

Tous les autres.

Gérard Hofmann

Il sera très souhaitable de ne plus savoir compter,

Je te serai disponible comme jamais,

Je vivrai l'utopie de la quantité

Un lieu sans avoir,

Pour exister seulement

Au plus près de moi-même et des autres.

Gérard Hofmann

123456789,0

Alors j'aurai tout le temps et tout l'espace

Qu'on ne comptera pas non plus

Et tout le monde m'aimera

Et moi, je ne compterai plus mon Amour.

Rue des rosiers, Jamard,
©Gérard Delacour, 1985-2019.

Gérard Hofmann

L'AUTEUR

Diplômé d'Enseignement Supérieur de Philosophie, docteur en Sciences de l'Éducation, anthropologue et psychanalyste, il se passionne pour les objets techniques et la transmission du Savoir.

Auteur de travaux universitaires et d'essais, Gérard Delacour publie sous le nom "Gérard Hofmann" ses œuvres littéraires, romans, nouvelles, poésies et ses photographies.

www.ingramcontent.com/pod-product-compliance
Lightning Source LLC
Chambersburg PA
CBHW071404170626
46811CB00003B/1257